할아버지 할머니가 사는 집에
도둑이 담을 훌쩍 넘어 들어갔어요.
그때 방 안에서 이런 소리가 들렸어요.
"훌쩍 내려앉는다!"
깜짝 놀란 도둑이 두리번거리자 또,
"두리번두리번 둘러본다!"
도둑이 들어온 걸 알고 있는 것일까요?

추천 감수 _ 김병규
대구교육대학을 졸업하고 한국일보 신춘문예에 동화가, 중앙일보 신춘문예에 희곡이 당선되면서 작품 활동을 시작했습니다. 대한민국문학상, 소천아동문학상, 해강아동문학상 등을 수상했으며, 현재 소년한국일보 편집국장으로 재직 중입니다. 쓴 책으로 〈나무는 왜 겨울에 옷을 벗는가〉, 〈푸렁별에서 온 손님〉, 〈그림 속의 파란 단추〉 등이 있습니다.

추천 감수 _ 배익천
경북 영양에서 태어났습니다. 1974년 한국일보 신춘문예에 동화가 당선되었고, 〈마음을 찍는 발자국〉, 〈눈사람의 휘파람〉, 〈냉이꽃〉, 〈은빛 날개의 가슴〉 등의 동화집을 펴냈습니다. 한국아동문학상, 대한민국문학상, 세종아동문학상 등을 받았으며, 현재 부산 MBC에서 발행하는 〈어린이문예〉 편집주간으로 일하고 있습니다.

글 _ 사혜숙
서울예술대학교 문예창작학과를 졸업하고, 논술 학원에서 어린이들에게 글쓰기를 가르쳤습니다. 아이를 가르친 경험을 바탕으로 어린이 책 작가로 활동을 시작해 다양한 분야에 걸쳐 글을 쓰고 있습니다. 작품으로 〈세상에서 가장 재미있는 일〉, 〈소연이는 대통령〉 등이 있습니다.

그림 _ 이종은
이화여자대학교 장식미술과에서 복식디자인을 전공했고, 오랫동안 여성복 디자이너로 일했습니다. 아이를 키우면서 그림책이 너무 좋아 그림을 그리게 되었습니다. 작품으로 〈조선 역사 속 숨은 영웅들〉, 〈고려 역사 속 숨은 영웅들〉, 〈조선 시대 장터에 가다〉, 〈딸꾹질 멈추게 해 줘〉 등이 있습니다.

말랑말랑 우리전래동화 50 웃음과 풍자
저기 저 눈 좀 봐!

발 행 인 박희철
발 행 처 한국헤밍웨이
출판등록 제406-2013-000056호
주   소 경기도 성남시 분당구 금곡동 444-148
대표전화 031-715-7722
팩   스 031-786-1100
편   집 이영혜, 이승희, 최부옥, 김지균, 송정호
디 자 인 조수진, 우지영, 성지현, 선우소연
사진제공 이미지클릭, 연합포토, 중앙포토

저기 저 눈 좀 봐!

글 사혜숙 그림 이종은

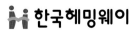 한국헤밍웨이

멀고 먼 옛날에 이야기를 매우 좋아하는
할아버지 할머니가 살았어.
두 사람은 밖에 나가지도 않고 온종일 꼭 붙어서는
낄낄낄 재미있는 이야기를 주고받았어.
그런데 어느 날 눈을 떠 보니 생각나는 이야기가 없는 거야.

"이야기야, 어디로 갔니?"
장독 뚜껑을 열어 봐도, 바가지 속을
들여다봐도, 이야기가 통 생각나질 않았지.

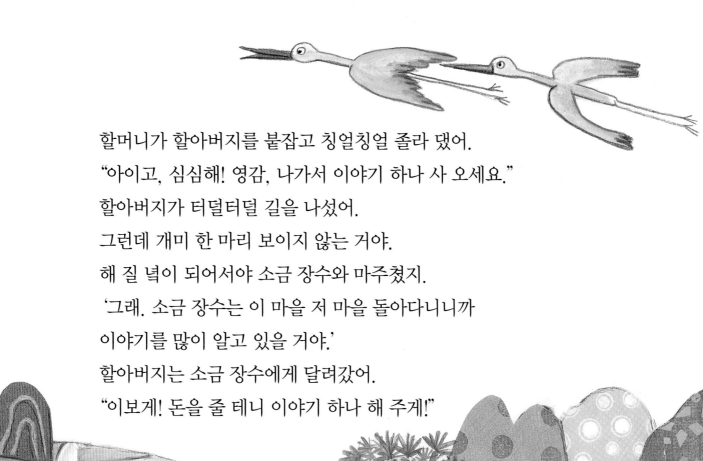

할머니가 할아버지를 붙잡고 칭얼칭얼 졸라 댔어.

"아이고, 심심해! 영감, 나가서 이야기 하나 사 오세요."

할아버지가 터덜터덜 길을 나섰어.

그런데 개미 한 마리 보이지 않는 거야.

해 질 녘이 되어서야 소금 장수와 마주쳤지.

'그래. 소금 장수는 이 마을 저 마을 돌아다니니까

이야기를 많이 알고 있을 거야.'

할아버지는 소금 장수에게 달려갔어.

"이보게! 돈을 줄 테니 이야기 하나 해 주게!"

9

짤랑짤랑

할아버지가 짤랑짤랑 엽전을 흔들어 보였어.

소금 장수의 눈이 왕방울만큼 커졌지.

"이야기를 해 드리면 그 돈을 몽땅 주신다는 거죠?

당장 해 드리죠. 해 드리고말고요."

그런데 이걸 어째!

이야기가 생각나지 않는 거야.

소금 장수는 침을 꼴깍 삼키며 주위를 둘러보았어.

그때 황새가 퍼덕퍼덕 날아오더니
논에 사뿐히 내려앉았어.
'옳거니!'
소금 장수가 황새를 보고 중얼거렸지.
"훌쩍 내려앉는다!"
할아버지도 이야기를 잊어버릴까 봐
소금 장수를 따라 외웠어.
"훌쩍 내려앉는다!"

훌쩍 내려앉는다!

13

두리번두리번
둘러본다!

14

꿀꺽 삼킨다!

소금 장수는 황새만 빤히 쳐다보았지.
다음 이야기가 생각나지 않았거든.
그때 황새가 두리번두리번 먹이를 찾았어.
그 모습을 본 소금 장수가 조용히 읊조렸지.
"두리번두리번 둘러본다!"
할아버지도 얼른 따라 외웠어.
"두리번두리번 둘러본다!"
이번에는 황새가 벌레를 콕콕 쪼아서 꿀꺽!
"꿀꺽 삼킨다!"

두 사람의 우렁찬 목소리가 들판에 울려 퍼졌어.
그러자 황새가 깜짝 놀라 눈을 동그랗게 뜨고
두 사람을 쳐다보았지.
소금 장수가 손가락으로 황새의 눈을 가리키며 외쳤어.
"저기 저 눈 좀 봐!"
할아버지도 냉큼 따라 했어.
"저기 저 눈 좀 봐!"

할아버지는 배를 잡고 데굴데굴 굴렀어.
"하하하! 웃긴다, 웃겨!"
소금 장수가 머리를 긁적이며 중얼거렸어.
"이상한 할아버지네. 이게 뭐가 재미있다고?"
하지만 할아버지는 돈을 몽땅 주고 집으로 돌아갔지.

'잘 기억해 두었다가 할멈한테 이야기해 줘야지.'
할아버지는 논두렁을 지나, 개울을 건너
한달음에 집 앞까지 달려갔어.
"후유! 숨차다, 숨차!"

할머니는 툇마루에 앉아 꾸벅꾸벅 졸다가
할아버지를 보자 반가워서 펄쩍 뛰쳐나왔지.
"영감, 얼마나 기다렸다고요.
재미있는 이야기 좀 사 오셨어요?"
"아무렴! 어서 방으로 들어갑시다."

21

할아버지가 이야기를 시작할 때였어.
마침 도둑이 물건을 훔치려고
할아버지 할머니의 집 담을 훌쩍 뛰어넘었어.
할아버지는 도둑이 든 것도 모르고 이야기를 시작했지.
"훌쩍 내려앉는다!"
도둑이 이 소리를 듣고 화들짝!
'어? 어떻게 알았지? 누가 날 보고 있나?'

'어휴, 뭐든 빨리 훔쳐 얼른 나가야겠군.'
도둑은 주위를 두리번두리번 살폈어.
그때 방 안에서 할아버지가 큰 소리로 외쳤지.
"두리번두리번 둘러본다!"
도둑은 놀라서 가슴이 콩닥콩닥.
'어이쿠, 얼른 숨어야겠다.'

도둑은 부엌으로 들어가다가 코를 킁킁거렸어.
'이게 무슨 냄새지? 맛있는 떡 냄새네.'
부엌에는 모락모락 김이 나는 떡이 있었어.
'배고픈데 하나만 먹을까?'
도둑이 떡을 집어 꿀꺽 삼켰어.
그때 방에서 큰 소리가 들려왔어.
"꿀꺽 삼킨다!"

'아이고, 목이야. 캑캑!'
도둑이 깜짝 놀라는 바람에 떡이 목에 탁 걸렸어.
'방에서 몰래 나를 엿보고 있나?
어떻게 내가 하는 짓을 다 알고 있지?'
도둑은 살금살금 창호지 문에 구멍을 뚫고
안을 들여다보았어.

바로 그때 할아버지와 할머니가
손가락으로 도둑의 눈을 가리켰어.
그러고는 쩌렁쩌렁한 목소리로 함께 외쳤지.
"저기 저 눈 좀 봐!"
도둑은 심장이 덜컹 내려앉는 것 같았어.
"아이고! 도둑 살려!"

도둑은 헐레벌떡 달아났어.
방 안에서는 하하 호호 웃음소리가 들렸지.
"영감, 내일도 이야기 좀 사 오시구려."
"그래요. 내일도 소금 장수를 만나야 할 텐데⋯⋯."
두 사람은 소곤소곤 이야기를 나누느라
밤새는 줄도 몰랐대.

저기 저 눈 좀 봐! 작품해설

〈저기 저 눈 좀 봐!〉는 할아버지와 할머니가 나누는 이야기를 들은 도둑이 제 말을 하는 줄 알고 지레 놀라 꽁지 빠져라 도망치는 '바보담' 으로, '이야기가 도둑을 쫓은 이야기' 를 바탕으로 하고 있습니다.

옛날에 이야기를 좋아하는 할머니, 할아버지가 살았습니다. 어느 날, 이야깃거리가 떨어지자 할아버지는 집을 나와 이야기해 줄 사람을 찾아다닙니다. 그러다 소금 장수를 만나 이야기를 해 주면 돈을 준다고 하지요. 돈이 탐난 소금 장수는 생각나는 얘기도 없으면서 냉큼 해 주겠다고 하더니 황새가 논에 내려앉는 걸 보고 "훌쩍 내려앉는다!", 먹이를 찾는 걸 보고 "두리번두리번 둘러본다!", 벌레를 먹는 걸 보고 "꿀꺽 삼킨다!", 눈을 크게 뜨는 걸 보고 "저기 저 눈 좀 봐!"라고 말합니다. 이 말을 잘 듣고 기억한 할아버지는 소금 장수에게 돈을 주고서 할머니에게 달려와 이야기를 들려줍니다. 그런데 마침 도둑이 할아버지 부부네 집에 담을 넘어 들어오며 할아버지가 할머니에게 "훌쩍 내려앉는다!"고 하는 말을 듣습니다. 도둑이 깜짝 놀라 두리번거리자 "두리번두리번 둘러본다!"는 말이 들리고, 도둑이 부엌으로 가 떡을 훔쳐 먹자 "꿀꺽 삼킨다!"는 말이 들리고, 도둑이 놀라 창호지 문을 뚫고 집안을 들여다보자 "저기 저 눈 좀 봐!" 하는 말이 들립니다. 놀란 도둑은 걸음아 날 살려라 도망을 칩니다. 할아버지와 할머니는 도둑이 들었다 간 것도 모르고 하하 호호 즐거워하지요.

옛이야기에서는 '우연의 일치' 로 재미난 사건이 자주 벌어집니다. 별로 특별한 상관이 없는 일들이 우연히 동시에 생겨나며 도둑이나 호랑이 같은 무서운 상대를 물리치게 됩니다. 〈저기 저 눈 좀 봐!〉에는 힘든 일도 웃음으로 넘기며 위기를 이겨 내려한 옛사람들의 낙천성이 담겨 있답니다.

꼭 알아야 할 작품 속 우리 문화

시루떡

시루떡은 시루에서 쪄 낸 떡이에요. 우리 조상들은 좋은 일이 있을 때마다 시루떡을 해서 이웃과 나눠 먹곤 했어요. 오늘날에도 이사를 가면 붉은 팥고물로 시루떡을 해 이웃에 돌리는 풍습이 남아 있지요.

창호지

창호지는 옛날에 주로 문을 바르는 데 쓰던 종이인데 보통의 한지보다 두꺼워요. 나무살로 이루어진 문틀에 창호지를 바른 창호지 문은 삼국 시대만 해도 왕실에서나 쓸 만큼 무척 귀했대요. 종이가 흔해진 조선 시대에 와서는 서민들도 창호지 문을 널리 쓰게 되었답니다.

바가지

옛날에는 집집마다 박으로 바가지를 만들어 썼어요. 박을 가을에 따서 반으로 자르고 속을 파낸 다음 삶아서 안팎을 긁어 낸 뒤 말려서 바가지를 만들었지요. 큰 바가지는 물을 푸는 물바가지로 썼고 작은 바가지는 쌀을 푸는 쌀바가지로 썼어요.

말랑말랑 우리 문화 이야기

떡은 곡식 가루를 찌거나 삶아서 익힌 우리 전통 음식이에요. 우리 조상들은 농사를 짓기 시작했을 때부터 떡을 만들어 먹기 시작했대요.

많고도 많은 우리 떡

떡이 가장 발달했던 조선 시대에는 증병(시루에 쪄낸 떡), 도병(절구에 친 떡-인절미), 유전병(꽃을 올려 기름에 지진 화전), 단자(동그랗게 빚어 끓는 물에 삶아 건진 떡) 등 다양한 떡을 만들어 먹었어요.

이 떡은 시루에 쪄 낸 시루떡, 이 떡이 도병, 어여쁜 꽃을 올린 유전병, 이것은 단자야.

증병의 한 종류인 시루떡

도병의 한 종류인 인절미

유전병의 한 종류인 화전

단자의 한 종류인 경단

제사상에 올라가는 떡

옛사람들은 돌아가신 조상이나 신들도 산 사람처럼 떡을 좋아한다고 생각했어요. 그래서 집안에 나쁜 일이 생기면 떡을 해서 신에게 제를 올리는 고사를 지내기도 했어요.

아이고, 떡이 쫄깃쫄깃 맛나기도 하다.

조상님들, 맛있는 떡 드시고 우리에게 복을 주세요.

귀신에게 바쳤던 떡은 복떡

무당이 굿을 할 때에는 팥 시루떡이 사용되었어요. 귀신에게 바쳤던 떡은 아무리 먹어도 체하지 않는 '복떡'으로 생각해서 이웃에게 나누어 주었대요.

액운을 피하게 도와주는 똥떡

옛날 화장실은 깊고 컸어요. 그래서 어린아이가 화장실 아래로 빠지는 경우가 종종 있었는데, 화장실에 떨어졌던 아이는 결국 죽게 된다고 생각했대요. 그래서 화장실에 빠진 아이는 액운을 피하기 위해 쌀떡을 만들어 "똥떡! 똥떡!" 하고 외치며 사람들에게 나누어 주었대요.

송편의 모양새로 알아보는 떡점

8월 한가위에는 송편을 빚는데, 빚은 송편의 모양새를 보고 점을 쳤대요. 떡 모양을 보고 시집 안 간 처녀들은 미래의 남편감을, 임산부들은 앞으로 태어날 아기의 모습을 점쳤어요. 그래서 여인들은 송편을 예쁘게 빚으려고 애썼답니다.